AF460696

28 Mars 1883.

P

VENTE

Des Mercredi 28, Jeudi 29 et Vendredi 30 Mars 1883,

HOTEL DROUOT, SALLES Nos 8 ET 9.

COLLECTION

DE M. LE Cte DE TRAMECOURT

OBJETS D'ART

ET

DE CURIOSITÉ

EXPOSITION PUBLIQUE

LE MARDI 27 MARS 1883

De une heure à cinq heures.

COMMISSAIRE-PRISEUR

Me PAUL CHEVALLIER, Succr de M. CH. PILLET,

10, rue de la Grange-Batelière;

M. CH. MANNHEIM, EXPERT, 7, rue St-Georges;

IMPRIMERIE PILLET ET DUMOULIN
Rue des Grands-Augustins, 5, à Paris.

CATALOGUE

DES

OBJETS D'ART

ET

DE CURIOSITÉ

FAIENCES ITALIENNES des fabriques d'Urbino, de Pesaro, de Faënza, de Deruta, de Castel-Durante, de Castelli et autres; FAIENCES HISPANO et SICULO-MAURESQUES; FAIENCES DE PERSE; FAIENCES DE DELFT; telles que: Plaques, grands Tableaux, Plats, Assiettes, Potiches, Vases, etc.; GRÈS DE FLANDRES; FAIENCES FRANÇAISES des fabriques de Nevers, de Rouen, de Marseille, de Moustiers et autres; Porcelaines de Chine, du Japon et autres; Orfèvrerie des XVe, XVIe et XVIIe siècles; Objets variés en cuivre repoussé; Bronzes; Étains; Émaux champlevés du XIIIe siècle; Émaux cloisonnés et peints de la Chine; Sculptures en marbre, en albâtre, en terre cuite, et autres; Beaux Retables, Groupes, Panneaux, Statues, Statuettes en bois sculpté des XVe, XVIe et XVIIe siècles.

Le tout dépendant des Collections de feu M. le Cte de Tramecourt.

ET DONT LA VENTE AURA LIEU

HOTEL DROUOT, SALLES N°s 8 ET 9

Les Mercredi 28, Jeudi 29 et Vendredi 30 Mars

A une heure et demie précise.

COMMISSAIRE-PRISEUR

Me PAUL CHEVALLIER, Successeur de M. CH. PILLET

10, rue de la Grange-Batelière;

M. CH. MANNHEIM, Expert, 7, rue St-Georges.

Chez lesquels se trouve le présent Catalogue.

EXPOSITION PUBLIQUE : le Mardi 27 Mars 1883,

De une heure à cinq heures.

CONDITIONS DE LA VENTE

La vente sera faite au comptant.

Les acquéreurs payeront *cinq pour cent* en sus des enchères applicables aux frais.

L'exposition mettant le public à même de se rendre compte de l'état des objets, il ne sera admis aucune réclamation une fois l'adjudication prononcée.

ORDRE DES VACATIONS

Le Mercredi 28 mars 1883

Faïences.................................... 1 à 179

Le Jeudi 29 mars 1883

Faïences et porcelaines...................... 180 à 377

Le Vendredi 30 mars 1883

Porcelaines, Orfèvrerie, Objets variés, Émaux de la Chine, Sculptures.............................. 378 à 537

Paris. — Typ. PILLET et DUMOULIN, 5, rue des Grands-Augustins.

DÉSIGNATION DES OBJETS

FAIENCES ITALIENNES

1 — Fabrique d'Urbino. — Joli plat rond à décor de personnages dans un paysage et portant dans le haut un écusson armorié. Au revers, l'inscription suivante : *Clemente in Castell chiusa et Roma langue-Nota*.

Il provient de la collection Barker, de Londres.

2 — Même fabrique. — Coupe ronde à décor polychrome, Alexandre et Diogène, composition de quatre figures et de deux cavaliers.

3 — Même fabrique. — Grand plat rond représentant une scène d'intérieur ayant trait à la naissance d'un enfant.

4 — Même fabrique. — Plat rond représentant Apollon et le dieu Pan dans un paysage, accompagnés de divers personnages.

5 — Même fabrique. — Plat rond décoré d'un sujet de chasse d'après Tempesta.

6 — Même fabrique. — Grand et beau vase cylindrique de pharmacie décoré de la figure équestre d'Alexandre dans un médaillon rond. Le fond, disposé en trois zones superposées, est décoré d'ornements en camaïeu bleu et jaune se détachant sur un fond bleu et jaune d'ocre alternant.

7 — Même fabrique. — Plat rond décoré de grotesques sur fond blanc et présentant à son centre une figure d'enfant à cheval.

8 — Même fabrique. — Petit plat rond à décor de même style.

9 — Même fabrique. — Plat rond décoré de grotesques et présentant à son centre un saint personnage en prière dans un médaillon rond.

10 — Même fabrique. — Plat analogue à celui qui précède. Celui-ci offre à son centre un buste de femme sur fond jaune.

11 — Même fabrique. — Cornet à double renflement, décor bleu et jaune sur fond blanc à cariatides grotesques, armoiries et portant également le lion de Saint-Marc.

12 — Même fabrique. — Plaque ronde, décor poly-

chrome représentant un guerrier agenouillé devant l'enfant Jésus. A gauche, la Vierge et saint Joseph. Cadre en bois noir et ornements dorés.

13 — Fabrique de Pesaro. — Grand et beau plat rond à décor à reflets métalliques bleu nacré rehaussé de bleu. Au centre, la figure de sainte Barbe debout. Le marli, divisé en compartiments, est décoré de palmettes et d'imbrications. Cadre en bois noir et or.

14 — Même fabrique. — Plat analogue à celui qui précède. Celui-ci représente saint François recevant les stigmates. Même encadrement.

15 — Même fabrique. — Plat rond à décor polychrome. Au fond, guerrier à cheval et au galop. Au marli, palmettes et ornements sur fond jaune d'ocre.

16 — Même fabrique. — Plat rond décor polychrome. Au fond, homme et femme vus à mi-jambes et placés face à face. On lit sur une banderole : *Omnia vincit amor suficit.* Le marli est décoré d'une couronne d'ornements émaillés vert sur fond blanc.

17 — Même fabrique. — Petit plat rond à décor polychrome. Au centre, un buste d'homme; au pour-

tour, décor rayonnant à palmettes et imbrications.

18 — Fabrique de Pesaro. — Plat rond, décor polychrome. Au fond, buste de femme de trois quarts à gauche, portant un manteau vert et se détachant sur fond bleu; au marli, couronne d'ornements émaillés vert sur fond blanc.

19 — Même fabrique. — Plat rond à décor à reflets métalliques mordorés rehaussé de bleu. Au fond, buste d'homme, tête laurée de profil et banderole portant l'inscription : *Memento mei.* Au marli, palmettes et inscriptions.

20 — Fabrique de Faënza. — Deux petits vases à deux anses et à couvercle décorés de bustes d'hommes et d'ornements.

21 — Fabrique de Faënza. — Petit plat rond à décor de quadrillage au centre et à bande imbriquée sur fond jaune au marli.

22 — Même fabrique. — Coupe ronde et droite à deux anses avec couvercle et sur piédouche, décorée de corbeilles de fruits et d'ornements sur fond blanc.

23 — Même fabrique. — Deux vases ovoïdes, décor polychrome à médaillon, buste de femme sur fond jaune d'ocre, trophée d'armes et armoiries,

24 — Fabrique de Deruta. — Coupe ronde sur piédouche à décor à reflets métalliques mordorés et bleu nacré à fleurs arabesques.

25 — Même fabrique. — Petit pot à une anse décor à reflets métalliques rehaussé de bleu, à ornements et portant le monogramme du Christ.

26 — Même fabrique. — Petit plat rond et creux à décor à reflets métalliques rehaussé de bleu. Au fond, la lettre A dans un cartouche ; au marli, palmettes et fruits.

27 — Fabrique de Castel-Durante. — Grand plat rond décoré de trophées d'armes se détachant en bleu et jaune sur fond bleu foncé.

28 — Même fabrique. — Petit plat rond décoré de trophées d'armes en camaïeu gris sur fond bleu et portant la date de 1558, deux fois répétée.

29 — Même fabrique. — Quatre grandes bouteilles à panse sphérique, décor polychrome à médaillons de personnages, sujets mythologiques et couronnes de lauriers.

30 — Même fabrique. — Grand cornet cylindrique à double renflement décoré d'un médaillon, figure du Christ vu à mi-jambes dans l'attitude de la Bénédiction. Le fond est couvert d'ornements en ca-

maïeu bleu et jaune sur fond jaune et bleu alternant.

31 — Fabrique de Castel-Durante. — Grand cornet décoré d'une figure de saint Sébastien dans un médaillon et de trophées d'armes en camaïeu sur fond bleu.

32 — Même fabrique. — Deux vases à panse ovoïde et col droit décorés de médaillons, saints personnages sur fond jaune et de trophées d'armes sur fond gros bleu.

33 — Même fabrique. — Deux vases analogues à ceux qui précèdent mais plus petits. Le fond de ceux-ci est couvert de rinceaux jaunes sur fond bleu.

34 — Même fabrique. — Vase ovoïde à deux anses double serpent, décoré d'un médaillon représentant un ange debout sur fond jaune et de trophées d'armes au pourtour sur fond bleu.

35 — Même fabrique. — Grand cornet cylindrique décoré d'un buste de jeune homme dans un cartouche, et de fleurs et de rinceaux sur fond bleu.

36 — Même fabrique. — Deux pots de pharmacie décorés de grotesques et de rinceaux sur fond bleu et d'un écusson armorié soutenu par deux génies ailés debout. Daté de 1613.

37 — Même fabrique. — Deux vases ovoïdes, décor polychrome, couverts de branches de fleurs et de fruits et portant un écusson armorié.

38 — Même fabrique. — Deux vases ovoïdes, décor polychrome, couverts de branches de fruits. Pieds en bois noir.

39 — Même fabrique. — Gros vase de forme sphérique, décor polychrome à médaillons, bustes de femmes et fond couvert de rinceaux.

40 — Même fabrique. — Deux vases ovoïdes à col droit, décor polychrome à médaillons, guerrier et saint personnage, sur fond couvert de trophées d'armes.

41 — Même fabrique. — Grand cornet, décor polychrome offrant sur sa face un large écusson armorié et au pourtour des rinceaux sur fond blanc.

42 — Même fabrique. — Deux grands vases ovoïdes à deux anses et sur piédouche, décor polychrome à cariatides, rinceaux et branches de fruits sur fond bleu et blanc alternant.

43 — Même fabrique. — Deux cornets à fond bleu couverts de fleurs et de rinceaux et à médaillons de saints personnages.

44 — Fabrique de Castel Durante. — Grand cornet à deux anses, décor polychrome à branches de fruits sur fond blanc et médaillon renfermant une figure de Mercure.

45 — Même fabrique. — Deux cornets, décor polychrome à double médaillons, bustes de femme et de guerrier et à rinceaux sur fond bleu et jaune d'ocre.

46 — Fabrique de Castelli. — Deux plats ronds représentant l'un, Adam et Ève chassés du Paradis, l'autre une scène tirée de la vie d'Hercule. Au bord, mascarons, fleurs et génies ailés.

47 — Même fabrique. — Quatre petits plats ronds décorés de figures dans des paysages et avec rinceaux au marli. Cadres en bois doré surmontés d'un fleuron sculpté.

48 — Même fabrique. — Trois autres petits plats décorés de groupes de figures au centre et offrant au marli des figures de génies, des festons de fleurs et des mascarons. Cadres à moulures en bois doré.

49 — Même fabrique. — Cinq petits plats ronds décorés de paysages. Cadres à moulures en bois doré.

50 — Même fabrique. — Deux plaques rectangulaires

représentant, l'une, Moïse sauvé des eaux, et l'autre le Christ et la Samaritaine. Cadres en bois doré.

51 — Même fabrique. — Quatre cornets décorés de paysages avec animaux et oiseaux.

52 — Même fabrique. — Grand plat rond décoré d'un paysage avec cours d'eau, pont et monuments.

53 — Même fabrique. — Vase ovoïde à anses à enroulements émaillés bleu et décoré de sujets bibliques.

54 — Même fabrique. — Gourde de forme circulaire aplatie décorée de bustes de la Vierge et de saint Joseph.

55 — Même fabrique. — Deux vases en forme de balustre sur piédouche et à couvercle, décorés de paysages avec habitations et cours d'eau.

56 — Même fabrique. — Deux vases à panse sphérique, à col droit, à deux anses et à goulot droit, décor polychrome à personnage dans un paysage. Le piédouche et le col sont décorés en bleu.

57 — Même fabrique. — Deux petits cornets décorés chacun d'une figure d'Amour tenant des fleurs.

58 — Même fabrique. — Plaque carrée, décor polychrome représentant saint Georges terrassant le dragon. Cadre en bois noir et or.

59 — Fabrique de Castelli. — Plaque rectangulaire représentant un sujet de chasse au loup. Cadre en bois noir et or.

60 — Même fabrique. — Deux plaques rectangulaires représentant le sujet du Portement de croix.

61 — Même fabrique. — Plaque rectangulaire représentant un sujet tiré du nouveau Testament.

62 — Même fabrique. — Plaque rectangulaire représentant le sujet de la Fuite en Egypte.

63 — Même fabrique. — Plaque rectangulaire en hauteur représentant le Martyre de saint Étienne. Cadre à moulures en bois doré.

64 — Même fabrique. — Plaque de même forme représentant sainte Agnès debout.

65 — Même fabrique. — Plaque rectangulaire en largeur. — Saint évêque debout recevant la couronne du martyr.

66 — Même fabrique. — Deux plaques ovales en largeur, décorées de paysages avec personnages et monuments. Encadrements surmontés d'ornements saillants.

67 — Même fabrique. — Grande plaque ovale en hauteur, décor polychrome représentant un per-

sonnage agenouillé implorant la Vierge. Cadre doré.

68 — Même fabrique. — Plaque de même forme. — Saint personnage vu à mi-corps, et en prière devant le saint sacrement. Cadre doré.

69 — Même fabrique. — Plaque ronde représentant la Vierge assise et couronnée, tenant l'enfant Jésus sur ses genoux; dans une couronne de rinceaux : elle est signée *Carmine Gentili* P. Cadre en bois noir et or.

FAIENCES ITALIENNES DIVERSES

70 — Façade de tabernacle, composée de deux figures d'anges en bas-relief émaillées blanc, sous un arceau à plein cintre, attribuée à Andrea della Robbia.

71 — Bas-relief cintré par le haut et émaillé en couleurs, représentant la Vierge vue à mi-corps, tenant l'enfant Jésus de ses deux bras et accompagnée du petit saint Jean. Dans le haut, quatre têtes de chérubins. xvie siècle. Cadre en bois sculpté, doré en partie.

72-73 — Deux plats ronds en faïence de la Frata, à décor gravé sous engobe et à armoiries au centre. Ils seront vendus séparément.

74 — Deux coupes profondes évasées, à couvercle et piédouche en faïence italienne à décor bleu, médaillons-bustes sur fond bleu et branches de fleurs sur fond blanc.

75 — Plaque rectangulaire, décor polychrome, représentant l'Enlèvement des Sabines. Cadre en bois noir et or.

76 — Grand vase en forme de cornet, décor bleu et jaune à médaillons, représentant les vertus théologales et le fond couvert de fleurettes.

77 — Vasque trilobée sur pieds de lion et à trois anses têtes de satyres, décor bleu représentant un château fort dans un paysage.

78 — Grand plat rond, en faïence de Trévise à rinceaux en relief au marli et paysage en couleurs au centre.

79 — Plat analogue à celui qui précède, mais plus petit.

80 — Deux plats ronds en faïence de Savone, décor polychrome à figures mythologiques.

81 — Plaque ovale à contours, offrant en bas-relief la Vierge vue à mi-corps, portant l'enfant Jésus, décor polychrôme.

82 — Plat rond en faïence de Savone, décor polychrome sur fond bleuté à fleurs et médaillon à figure de femme au centre.

83 — Plat rond de même faïence, à figure de guerrier dans un paysage.

84 — Deux plats ronds, décor polychrome : Daphné changée en laurier, et concert dans un paysage.

85 — Quatre vases ovoïdes, à anses têtes chimériques en faïence de Savone, décor bleu et à sujets mythologiques.

86 — Plat rond, décor polychrome représentant un intérieur monumental avec statues.

87 — Plat ovale en faïence de Trévise, décor polychrome, paysage et monuments en ruines au centre et bord à fleurs en relief sur fond brun.

88 — Corbeille ronde à deux anses, à ornements découpés à jour et décor polychrome avec écusson armorié au centre.

89 — Plaque rectangulaire offrant en bas-relief le sujet de l'Annonciation. Décor polychrome.

90 — Deux plats ronds, à double rang de coquilles simulées et présentant à leur centre une figure debout, décor polychrome.

91 — Très grand vase ovoïde à deux anses, en ancienne faïence italienne, décoré d'oiseaux, de fleurs et de feuillages sur fond blanc et portant les armes des Médicis, XVIe siècle.

92 — Bénitier à figures en ronde bosse et décor polychrome.

93 — Petit plat rond en faïence de Savone, décor polychrome à figures et fleurs sur fond bleu empois.

94 — Grand plateau rectangulaire à bords évasés, à ornements découpés à jour et offrant au fond des figures d'enfants en bas-relief. Décor bleu. Savone.

95 — Cuvette ronde et à côtes, décor bleu à sujet de chasse.

96 — Plat rond, décor polychrome, groupe de personnages dans un paysage.

FAIENCES HISPANO

ET SICULO-MAURESQUES

97 — Plat rond en faïence hispano-arabe, à décor à reflets métalliques rouge cuivreux et bleu nacré. Au fond un écusson armorié et un oiseau. Au pourtour décor bleu rayonnant et à feuillages.

98 — Grand plat rond à décor à reflets métalliques mordorés, rehaussé de bleu. Au fond, large écu armorié; au pourtour, décor rayonnant à feuillages.

99 — Deux plats ronds à décor analogue. Chacun d'eux offre à son centre, le monogramme du Christ.

100 — Petit plat rond à décor filigrané à reflets métalliques mordorés et rayons saillants émaillés bleu. Au centre un écusson armorié.

101 — Petit plat rond à décor à reflets métalliques mordorés. Au centre, un lapin courant; au pourtour, zones de feuillages concentriques.

102 — Grand plat rond à décor à reflets métalliques cuivreux. Au centre, un écusson armorié entouré, ainsi que le marli, de lignes concentriques de petites cavités réservées en blanc.

103 — Plat rond à reflets métalliques cuivreux et à feuillages et godrons en spirale gaufrés au marli.

104 — Plat analogue à celui qui précède.

105 — Autre plat de même style mais plus petit et à décor rehaussé de bleu.

106 — Plat rond à ombilic à décor de godrons simulés à reflets métalliques mordorés.

107 — Plat rond à décor à reflets métalliques cuivreux; Vase à une anse et couronne sur fond pointillé.

108 — Deux plats creux décorés d'oiseaux à reflets métalliques rouge cuivreux.

109 — Bassin rond et creux, de décor analogue, tant à l'intérieur qu'à l'extérieur.

110 — Petit plat à barbe de même décor.

111 — Six petits plateaux ronds de même décor.

112 — Vase ovoïde à décor à reflets métalliques rouge cuivreux, composé de fleurs et d'oiseaux.

113 — Deux grands cornets cylindriques en faïence siculo-arabe, à décor à reflets métalliques mordorés, rehaussé de bleu à zones de feuillages superposées.

114 — Deux cornets analogues à ceux qui précèdent, mais plus petits. Ceux-ci sont décorés l'un de bandes verticales à ornements blancs et bleus alternant; l'autre, de médaillons ornés.

115 — Plat rond à décor à reflets métalliques cuivreux; lion au centre dans un cartouche et fleurs au marli.

116 — Plat rond et creux, à décor à reflets métalliques cuivreux, à fleurs et oiseaux.

117 — Plat rond en faïence hispano-mauresque à décor à reflets métalliques rehaussé de bleu et à feuillages gaufrés.

118 — Plat analogue à celui qui précède décoré de palmettes et de rayons.

119 — Plat rond à feuillages gaufrés et à décor à reflets métalliques, feuillages et ornements.

120 — Plat analogue à celui qui précède. Au centre un oiseau.

121 — Plat hispano-mauresque à décor de feuillages à reflets métalliques mordorés.

122 — Plat rond à décor à reflets métalliques cuivreux. Au centre, un oiseau.

FAIENCES DE PERSE

123 — Faïence de Perse.—Grande et très belle plaque en deux parties simulant une porte de mosquée et entièrement couverte d'inscriptions en relief à décor à reflets métalliques nacrés et mordorés rehaussé de bleu. Haut. 1 m. 78, larg. 73 cent.

124 — Même faïence. — Plaque composée de quatre carreaux formant une rosace à dessin gaufré en

relief et décor à reflets métalliques rehaussé de bleu.

FAIENCES ÉTRANGÈRES

DIVERSES

125 — Grande fontaine en forme de vase à couvercle bombé et à piédouche décoré de fleurs polychromes et de branchages feuillagés en relief.

126-128 — Dix-sept plaques de poêles en terre émaillée et à sujets en relief, variées de dimensions et de décors.

129 — Cinq plaques analogues à celles qui précèdent mais non émaillées.

130 — Six fragments de frises provenant de poêles en terre cuite non émaillée à sujets variés.

131 — Grand lion couché, en faïence blanche, grandeur demi-nature.

132 — Soupière en forme de chou, avec couvercle surmonté d'un chien. Au fond, la marque B. (Bruxelles?)

133 — Grand plat ovale à côtes rayonnantes, décor bleu à paysages et figures.

134 — Deux jardinières carrées, à deux anses formées de mascarons saillants; décor polychrome à fleurettes.

135 — Plat rond en faïence allemande à bord plissé, décor polychrome à hachures vertes au bord et papillons voltigeant au fond.

136 — Groupe de deux figures sur socle rocaille, Flore et enfant, en faïence blanche.

FAIENCES DE DELFT

(DÉCOR POLYCHROME)

137 — Les quatre saisons, figurées par des enfants, debout sur des socles triangulaires. Décor polychrome.

138 — Garniture de cinq pièces, potiches et gourdes, décor polychrome à fleurs et ornements.

139 — Deux petits lions assis, décor polychrome.

140 — Trois belles potiches à couvercles et à côtes en ancienne faïence de Delft, décor polychrome à fleurs et oiseaux.

141 — Deux cornets à pans, décor polychrome, à lambrequins à fond vert et médaillons, kiosques et oiseaux.

142 — Deux gourdes à pans de même décor.

143 — Deux cruches ou fontaines, l'une formée d'une figure d'homme assis, et l'autre d'une figure de femme, à décor polychrome.

144 — Plat rond, décor polychrome, à fleurs, oiseaux et tigre au fond et compartiments de fleurs au marli. Style chinois.

145 — Petite garniture de cinq vases; cornets et potiches à couvercles décorés d'ornements en relief et figures chinoises en camaïeu bleu.

146 — Garniture analogue, mais plus grande, à ornements en relief et décor de fleurs en camaïeu bleu.

147 — Deux potiches à pans et à petites côtes, décor bleu à corbeille de fleurs et ornements.

148 — Porte-montre formé d'une figure d'homme assis, décor polychrome.

149 — Deux plats ronds à décor bleu et rouge rehaussé de vert; au centre arbustes et fleurs; au pourtour compartiments de paysages séparés par des quadrillages bleus.

150 — Plat rond, décor bleu, vert et rouge à fleurs et feuillages.

151 — Plat rond, décor polychrome; au centre un amour, au pourtour fleurs et feuillages et au marli des ornements.

152 — Quatre assiettes décor polychrome à fleurs, haies, rochers et oiseaux.

153 — Tonnelet en faïence émaillée vert avec zone de branches de vigne décorées en bleu, vert et manganèse, et les extrémités à sujets de personnages en camaïeu bleu.

FAIENCES DE DELFT

(DÉCOR BLEU)

154 – Grande potiche à pans et à couvercle en ancienne faïence de Delft à décor bleu de style chinois, cavaliers et personnages divers dans un paysage et lambrequin à fond bleu à la partie inférieure de la panse.

155 — Deux vases en forme de gourde à pans de même décor que la potiche qui précède.

156 — Grand vase ovoïde à couvercle, décor bleu, à compartiments de paysages, fleurs et oiseaux et encadrements de fleurs et d'ornements.

157 — Petite potiche à pans et à côtes avec couvercle,

décor bleu à compartiments, vases de fleurs sur fond couvert d'ornements.

158 — Deux grandes gourdes à pans, décor bleu à médaillons de paysages avec figures et fond couvert d'ornements.

159 — Deux jardinières rondes et profondes, décor bleu à ornements, feuillages, fleurs et oiseaux.

160 — Plateau à fruit de forme oblongue, à deux anses, avec rosace découpée à jour. Décor en camaïeu bleu à médaillons de paysages, coquilles et ornements.

161 — Petite garniture de cinq vases, cornets et potiches à couvercle et à pans, décor bleu à fleurs et ornements.

162 — Deux plats ronds à décor bleu, à rosaces et feuillages.

163 — Plat rond à décor bleu de style chinois, au centre, pavillon avec personnages.

164 — Plat rond à décor bleu, fleurs arabesques au fond et au marli.

165 — Autre plat à décor bleu; médaillon de paysage au fond et compartiments de paysages et fleurs au marli.

166 — Deux plats ronds décor bleu à fleurs arabesques au fond et compartiments de fleurs au marli.

TABLEAUX

EN FAIENCE DE DELFT

167 — Grand tableau en hauteur, composé de carreaux de faïence de Delft, peints en camaïeu bleu et représentant un grand vase décoré d'insectes et d'oiseaux et encadré d'ornements à rinceaux et oiseaux.

168 — Tableau en hauteur de même travail. Celui-ci représente un parc avec pièce d'eau, personnages et volatiles.

169 — Quatre tableaux carrés, composés de carreaux de faïence de Delft, peints en camaïeu bleu et représentant chacun un buste grandeur nature avec encadrement composé de rinceaux, d'oiseaux et de figures d'amours. Trois sont des portraits d'hommes, et le quatrième un portrait de femme, tous personnages de la maison d'Orange.

170 — Grand tableau en hauteur composé de carreaux de faïence de Delft à décor polychrome et représentant un grand vase à anses contenant des fleurs.

171 — Deux tableaux carrés composés chacun de carreaux de faïence de Delft à décor polychrome et représentant des pastorales dans le goût de Watteau avec encadrements de fleurs arabesques.

172 — Deux tableaux en hauteur composés de carreaux de faïence de Delft à décor polychrome rehaussé de dorure et représentant des sujets familiers chinois dans des paysages.

173 — Deux tableaux analogues à ceux qui précèdent, représentant des paysages montagneux de style chinois avec personnages.

174 — Tableau en hauteur composé de carreaux de faïence de Delft à décor en camaïeu bleu, représentant un vase de fleurs sur un socle carré orné de jeux d'enfants et supportant également un perroquet.

175 — Grand tableau en largeur, peint en camaïeu bleu et représentant un paysage accidenté avec animaux et personnages dans le goût de Berghem et exécuté à l'aide de carreaux de faïence juxtaposés.

176 — Autre tableau en largeur, composé de carreaux de faïence de Delft et représentant une vue de parc avec personnages et animaux peints en violet de manganèse.

177 — Tableau analogue à celui qui précède, représentant une marine. Au premier plan sur un terre-plein, groupe de personnages tenant un ours.

178 — Deux petits tableaux en hauteur, composés de carreaux de faïence de Delft à décor en violet de manganèse, représentant chacun un personnage debout, portant l'un un chien, et l'autre un chat.

179 — Deux petits tableaux de même décor représentant l'un un chien, l'autre un chat assis.

PLAQUES EN FAIENCE DE DELFT

180 — Plaque ovale à contours et en hauteur, décor polychrome, à médaillons, arbustes, fleurs et oiseaux, encadré d'ornements lambrequinés à fond bleu. Bord vert et couronne d'ornements au pourtour.

181 — Plaque analogue à celle qui précède à arbustes, oiseaux et figure de femme chinoise au centre, et encadrement composé d'ornements et d'une corbeille de fleurs.

182 — Belle plaque simulant une cage à riche décor polychrome, et surmontée de trois petits vases.

183 — Plaque analogue à celle qui précède.

184 — Deux autres petites plaques simulant une cage à décor polychrome.

185 — Plaque ovale à contours en hauteur, décor polychrome, à figures de style chinois dans un paysage.

186 — Plaque de même forme à décor polychrome, à personnages, dans le goût de Watteau.

187 — Plaque à angles arrondis et rentrants, décor polychrome à fleurs et figures de femmes, de style chinois.

188 — Plaque de forme contournée à décor bleu, à arbustes, rochers et fleurs.

189 — Plaque de forme contournée, représentant le Baptême de saint Jean, en camaïeu bleu, encadré d'ornements en relief émaillés en couleurs.

190 — Plaque de forme contournée en largeur à décor bleu, sujet tiré du nouveau Testament, et encadrement surmonté d'une coquille.

191 — Deux plaques de forme ovale à contours, en camaïeu bleu, la Cueillette des cerises.

192 — Deux petites plaques en largeur et à contours, à décor de paysages et scènes familières en camaïeu bleu.

193 — Tableau rectangulaire à décor bleu, représentant le Départ de l'enfant prodigue. Cadre en bois noir.

194 — Deux plaques en largeur et à contours, à décor bleu; jeune femme dans un paysage, encadrées d'ornements et de fleurs.

195 — Plaque en hauteur à contours, à décor bleu de style chinois; femme et enfant dans un paysage.

196 — Plaque de même forme, décor bleu. Groupe de deux figures dans un paysage.

197 — Plaque de forme contournée à décor bleu : la Fuite en Égypte.

198 — Plaque contournée, à encadrement en relief polychrome et paysage en camaïeu bleu et figure d'enfant.

199 — Plaque en largeur et à contours, à décor bleu, représentant la Cène.

200 — Grande plaque ovale et à contours en hauteur, représentant le Christ en croix entre saint Jean et Madeleine. Décor bleu.

201 — Plaque de même forme, à décor bleu, représentant le Christ et la Samaritaine.

202 — Deux petites plaques carrées à angles rentrants

et arrondis, décor polychrome. Femme en costume Louis XV, assise dans un paysage.

203 — Deux plaques oblongues en hauteur et à contours, décorées de corbeilles de fleurs en bleu et d'ornements en relief et polychromes formant bordure.

204 — Deux plaques analogues, décorées d'une figure de femme dans un paysage, en camaïeu bleu.

205 — Plaque analogue décorée de deux figures d'enfants.

206 — Plaque plus petite de même forme, décorée de trois enfants jouant, en camaïeu bleu.

207 — Plaque losangée, décorée d'un paysage avec figures en camaïeu bleu et bordure d'ornements en relief à décor polychrome.

208 — Plaque en hauteur et à contours, décor polychrome de style chinois à deux personnages et fleurs.

209 — Plaque de même forme, décor polychrome, fleurs s'échappant d'un rocher.

210 — Petite plaque carrée à angles rentrants et arrondis, décor polychrome : *Le baiser pris.*

211 — Petite plaque de même forme, décor polychrome à fleurs et oiseaux.

212 — Plaque losangée en largeur et à contours, décor bleu à paysage et figures; bordure d'ornements polychromes et en relief.

213 — Deux plaques en hauteur et à contours, décor bleu à médaillon de paysage et cours d'eau.

214-236 — Vingt-sept plaques de formes et de dimensions variées, à décor bleu, paysages, fleurs, sujets religieux, etc.

237 — Plaque ovale, en largeur et à contours, à riche décor bleu, à médaillon fleurs et oiseaux et encadrement formé d'ornements, de fleurs et de figures de génies.

238 — Deux petites plaques oblongues à contours; décor polychrome. Fontaine ornée, fleurs et oiseaux au centre et ornements, feuillagés au pourtour.

239 — Plaque carrée à angles rentrants et arrondis, décor bleu à fleurs et oiseaux.

240 — Plaque de même forme, décor bleu à sujet biblique.

241 — Plaque oblongue à contours, décor bleu, représentant la Crèche.

242 — Deux plaques en hauteur et à contours, décor bleu à sujets champêtres.

243 — Plaque de même forme, décor bleu à fleurs et oiseaux.

GRÈS DE FLANDRE

244 — Deux cruches à panse sphérique en grès émaillé brun et médaillons renfermant l'aigle à deux têtes en relief émaillé en bleu et brun. Daté de 1604.

245 — Cruche analogue à celle qui précède, avec médaillon armorié sur sa face et bustes d'empereurs romains.

246 — Petit tonneau en grés émaillé blanc à mascarons et ornements en relief.

FAIENCES DE NEVERS

247 — Grand plat rond à décor bleu et manganèse, de style chinois à paysage et personnages.

248 — Autre grand plat rond à décor de même style.

249 — Petit pot à anse à fond bleu de Perse et décor de fleurs et d'oiseaux en blanc et jaune.

250 — Deux petits bustes, homme et femme sur piédouche carré, décor polychrome.

251 — Hanap à décor de style chinois à figures dans des paysages en bleu et manganèse.

252 — Grand plat rond à décor bleu, réunion de personnages dans un paysage.

253 — Deux grandes gourdes à pans, décor bleu à fleurs et ornements.

254 — Belle jardinière évasée et à deux anses doubles serpents enroulés. Décor bleu et manganèse à médaillons à paysages, marine et ornements.

255 — Grand plat rond à décor bleu sur fond bleuté; personnages dans un paysage au fond et sujets chinois au marli.

256 — Grand plat rond à double bordure gaufrée et décor bleu à fleurs.

FAIENCES DE ROUEN

(DÉCOR POLYCHROME)

257 — Belle chaise percée de forme carrée en ancienne faïence de Rouen à riche décor polychrome à vases de fleurs, cornes d'abondance, quadril-

lages, fleurs et ornements. Les quatre pieds sont formés de mascarons.

258 — Bannette oblongue à angles arrondis et rentrants et à deux anses carrées, décor polychrome de style chinois à paysage et figures.

259 — Bannette oblongue à pans et à deux anses à décor polychrome de même style.

260 — Deux bannettes oblongues et à contours à deux anses rocaille, décor polychrome au carquois.

261 — Bannette analogue à celles qui précèdent, mais plus petite.

262 — Bannette de même forme à décor bleu, corbeille de fleurs et cornes d'abondance au centre et lambrequins reliés par des guirlandes de fleurs au bord.

263 — Deux grands plats ronds à bords festonnés et décor polychrome à la corne.

264 — Porte-huilier oblong et à pans, décor polychrome de style chinois à kiosques, fleurs et ornements.

265 — Porte-huilier de forme ovale à décor bleu à fleurs-arabesques et oiseaux.

266 — Grand et beau plat oblong à angles coupés, dé-

cor polychrome; corbeille de fleurs au centre et ornements et guirlandes au bord.

267 — Joli pichet à cidre décoré sur sa face d'un médaillon peint en camaieu bleu représentant la Vierge, l'enfant Jésus et le petit Saint-Jean dans un paysage avec encadrement d'ornements polychromes. Il porte un chiffre couronné sur le goulot et l'inscription suivante sur la partie postérieure de la panse : *1769 Jean Chevalier Marie Marguerite Devergne.*

268 — Trois vases à col évasé et festonné, panse garnie de deux anses, mascarons en relief et sur piédouche, décor polychrome à fleurs et ornements.

269 — Grande fontaine formée d'une figurine d'homme à califourchon sur un tonneau et tenant un verre et une bouteille. Décor polychrome; socle en bois.

270 — Grande fontaine analogue à celle qui précède.

271 — Petit pichet à cidre, décor polychrome, figure de saint Pierre encadrée de fleurs et d'ornements. Il porte l'inscription suivante : *Pierre de la l'Eau. curé du Pont-Saint-Pierre. 1778.*

272 — Deux cache-pots de forme droite et octogone à deux anses coquilles, décor polychrome à fleurs.

273 — Plat oblong à contours, décor polychrome à fleurs et oiseaux.

274 — Grande assiette ou petit plat rond en ancienne faience de Sinceny, décor polychrome. Au fond, tige de fleurs et grenades, au marli quadrillages verts et compartiments de fleurs.

275 — Pot à eau, décor polychrôme, à vase de fleurs, oiseaux et papillons.

276 — Deux cache-pots cylindriques à côtes et à deux anses; décor polycrome à festons de fleurs et ornements.

277 — Plat rond à bords festonnés, décor polychrome représentant des enfants chinois jouant dans un paysage.

278 — Grand et beau plat rond, décor polychrome de style chinois; paysage avec quatre personnages au premier plan.

279 — Deux pichets à cidre formés chacun d'une figure de femme assise, décor polychrome.

280 — Deux pichets analogues à ceux qui précèdent. Ceux-ci sont formés chacun d'une figure d'homme assis.

FAIENCES DE ROUEN

(DÉCOR BLEU)

281 — Grande fontaine-applique et cintrée avec couvercle en ancienne faïence de Rouen à riche décor bleu à lambrequins, guirlandes de fleurs et oiseaux. Les deux robinets en étain et en forme de fleurs de lis s'échappent de mascarons saillants. Support en bois avec galerie découpée à jour.

282 — Deux bouteilles de forme élancée à col légèrement évasé en ancienne faïence de Rouen, décorées de fleurs arabesques et de lambrequins en camaïeu bleu.

283 — Bouteille analogue à celles qui précèdent.

284 — Vase en forme de balustre à couvercle, décor bleu composé de montants ornés reliés par des festons de fleurs et des draperies.

285 — Vase analogue à celui qui précède, mais un peu plus grand.

286-287 — Deux fontaines formées chacune d'un grand vase à culot orné de fleurs de lis en relief et anses formées de mascarons saillants. Décor bleu à fleurs arabesques et ornements.

288 — Deux beaux cornets décorés de montants ornés reliés par des festons de fleurettes et des draperies.

289 — Deux cornets à décor bleu à riches lambrequins ornés de fleurs.

290 — Hanap forme casque à décor bleu, ornements et fleurs.

291 — Jardinière ronde et profonde à deux anses à torsades, décor bleu à armoiries surmontées d'un bonnet d'évêque et ornements.

292 — Plat ovale et creux à bord lobé, décoré en bleu dans le goût de Bérain; au fond la figure de Junon.

293 — Plat oblong à contours, décor bleu à corbeille de fleurs sur rinceaux au centre et festons de fleurs au pourtour.

PLATS EN FAIENCE DE ROUEN

294 — Grand et beau plat en ancienne faïence de Rouen à décor bleu et rouille. Au centre figure d'abondance tenant d'une main une corne d'abondance et de l'autre un bouquet de fleurs. Au mardi et à la chute, très riches lambrequins à fleurs arabesques et ornements.

295 — Plat analogue à celui qui précède. Au centre la

même figure d'abondance encadrée d'une couronne Au marli, lambrequins à fond bleu.

296 — Grand plat rond à décor bleu. Au centre, petite rosace; au marli, lambrequins, et au pourtour du fond couronne d'ornements.

297 — Deux grands et beaux plats ronds à riche décor bleu composé d'une rosace centrale et de lambrequins, d'ornements, de fleurs arabesques et d'oiseaux couvrant le marli, la chute et une partie du fond du plat.

298 — Plat rond à décor bleu. Au centre, un écusson armorié surmonté d'une couronne de marquis. Au fond et au marli, double couronne d'ornements.

299 — Plat rond à décor bleu. Au fond, large rosace, au marli, lambrequins ornés.

300 — Beau plat rond à riche décor bleu. Au centre, large rosace à rayons. Au marli, beaux lambrequins ornés.

301 — Autre beau plat rond à riche décor bleu. Au fond, large rosace présentant à son centre quatre compartiments de fleurs. Au marli, larges lambrequins et fleurs se prolongeant jusqu'à la chute.

302 — Beau plat rond à décor bleu. Au fond, rosace avec fleur au centre et pourtour découpé en étoile.

Au marli, lambrequins séparés par des fleurs arabesques.

3o3 — Plat moyen à décor bleu légèrement rehaussé de rouille. Au fond, corbeille de fleurs et rinceaux. Au marli, lambrequins, ornements et coquilles.

3o4 — Plat rond à décor bleu. Au centre, rosace circulaire et couronne d'ornements. Au marli, lambrequins ornés.

3o5 — Plat rond à décor bleu. Au centre, rosace large à principe quadrangulaire fleuronné. Au marli, réserves de fleurs et entre-deux à fleurs sur fond bleu.

3o6 — Plat rond à décor polychrome. Au fond, vase de fleurs sur un tertre et entre deux petits arbustes. Au marli et à la chute, lambrequins reliés par des guirlandes de fleurs.

3o7 — Plat rond à décor bleu. Au fond, large rosace avec fleur au centre et à cinq compartiments ornés, Au marli, petits lambrequins.

3o8 — Plat rond à décor bleu et jaune d'ocre. Au centre, vase de fleurs et rinceaux. Au marli et à la chute, riches lambrequins séparés par des palmettes et des fleurons.

FAIENCES FRANÇAISES DIVERSES

309 — Épi de faîtage à vase orné d'un mascaron et surmonté d'une colombe en terre émaillée du Pré d'Auge.

310 — Autre épi de faîtage à base carrée, vase allongé, fleurs à longues tiges, mascarons à larges collerettes et se terminant par un oiseau. Terre émaillée blanc, jaune, vert et brun.

311 — Autre épi de faîtage de même style en terre émaillée vert uni.

312 — Plat rond à bords festonnés en faïence de Moustiers, décor polychrome dans le goût de Callot.

313 — Grande soupière oblongue en ancienne faïence de Marseille, décor polychrome à fleurs et branches de fleurs en ronde bosse rapportées. Sur le couvercle une figure d'enfant assis.

314 — Deux grandes soupières en forme de choux de même faïence décorés au naturel.

315 — Soupière oblongue à deux anses et ornements gaufrés, décor polychrôme à médaillons, jeux d'amours.

316 — Plat ovale et creux de même faience et de décor analogue.

317 — Plat rond en faience de Moustiers, décor polychrôme à personnages, fleurs et oiseaux.

318 — Plat rond à bords festonnés, de même faïence, à décor en camaïeu vert rehaussé de jaune à figure de chasseur, insectes, animaux et fleurs.

319 — Plat rond à bords festonnés, décor polychrome à figures d'amour dans un paysage et fleurs au marli.

320 — Vase à quatre anses à enroulements et à guirlandes accompagné d'un plateau à contours et galerie découpée à jour en faïence d'Avignon émaillée brun marbré.

321 — Gourde à panse lenticulaire à rosaces découpées à jour, décor polychrome de style rouennais. Il porte l'inscription suivante : *François Drosus Ducret, 1758.*

322 — Deux potiches à couvercle, fond bleu marbré et médaillons de fleurs décorés en manganèse.

323 — Plat oblong en faïence de Lunéville à ornements gaufrés, artichaut au centre et décor polychrôme.

324 — Deux bustes d'hommes, grandeur nature, por-

tant le costume hollandais du XVIIe siècle émaillés en couleurs et à piédouche marbré.

325 — Fontaine en forme de vase, décor polychrome de style rouennais à figures et ornements.

326 — Deux grands plats ronds à bords festonnés et gaufrés à larges feuilles vertes. Décor polychrome à fleurs.

327 — Plat oblong en ancienne faïence de Strasbourg; décor polychrome à fleurs.

328 — Soupière et plat oblong à deux anses, de décor analogue.

329 — Soupière oblongue et son plat à ornements en relief émaillés vert et carmin et groupes de légumes polychromes sur le couvercle.

330 — Grand plat rond à décor bleu tirant sur le noir dans certaines parties. Au fond rosace rayonnante et fleuronnée. Au marli, lambrequins ornés se prolongeant jusqu'à la chute et sur une partie du fond du plat (Lille ?).

331 — Plat analogue à celui qui précède, à décor bleu rayonnant et compartiments cintrés réservés au marli (Lille).

332 — Porte-huilier modèle bateau en faience de Lorraine à ornements découpés à jour et décor polychrome.

PORCELAINES DE CHINE

333 — Grand et beau plat, en ancienne porcelaine de Chine décoré en émaux de la famille verte et représentant dans des compartiments formant rosace, des sujets familiers dans des intérieurs et des paysages. Belle qualité.

334 — Six figurines en ancienne porcelaine de Chine décorées en émaux de la famille verte ; personnages assis sur des bases hexagones.

335 — Vase en forme de balustre en porcelaine de Chine jaspée violet. Il est garni haut et bas d'une monture en bronze ciselé et doré de style Louis XVI.

336 — Grand vase en forme de balustre allongé en vieux chine, décoré en émaux de la famille verte, représentant au pourtour une réception impériale.

337 — Deux potiches avec couvercles en ancienne porcelaine de Chine décorées en émaux de la famille verte, l'une à fleurs, l'autre à fleurs et poissons.

338 — Soupière de forme hexagone avec plat et couvercle en ancienne porcelaine de Chine décorée en émaux de la famille rose à fleurs et personnages encadrés d'ornements dorés.

339 — Soupière oblongue avec couvercle et plat en ancienne porcelaine de l'Inde, décor polychrome, à fleurs et ornements.

340 — Deux petits vases en forme de balustre à côtes et à couvercle en ancienne porcelaine de Chine décorés en émaux de la famille rose à fleurs.

341 — Deux gargoulettes en ancienne porcelaine de Chine décorées de fleurettes sur fond bleu et à médaillons de personnages.

342 — Cuvette de même décor.

343 — Deux petits vases ovoïdes à couvercles, en vieux chine, décorés d'arbustes fleuris en émaux de la famille verte.

344 — Deux petites chimères assises, décorées en émaux de la famille verte.

345 — Vase ovoïde forme dite pot à tabac, fond capucin et médaillons de fleurs décorées en émaux de la famille rose.

346 — Deux jolis compotiers en ancienne porcelaine de Chine décorés d'une grenade au centre et de compartiments de fleurs polychromes sur fond bleu rehaussé d'or.

347 — Deux grands plats ronds en vieux chine, décorés en émaux de la famille rose à fleurs, oiseaux et ornements.

348 — Deux plats analogues à ceux qui précèdent, mais plus petits et avec figure de femme dans un paysage.

349 — Deux plats ronds et creux décorés en émaux de la famille rose, fleurs au fond et lambrequins ornés au marli.

350 — Deux divinités debout en ancien blanc de Chine. Elles ont reçu un décor polychrome en Europe.

351 — Plat rond en vieux chine décoré de trois grandes figures de femmes en émaux de la famille verte.

352 — Deux plats ronds, armoriés au centre, avec fleurs émaillées blanc et ornements dessinés au trait au marli.

353 — Plat rond en vieux chine décoré en émaux de la famille rose à fleurs et oiseaux.

354 — Plat rond et creux de décor analogue, à fleurs et animaux au fond et lambrequins au marli.

PORCELAINES DE CHINE

(DÉCOR BLEU)

355 — Deux vases à cols rétrécis en porcelaine du Japon à décor bleu à arbustes, fleurs, oiseaux et ornements.

356 — Grand plat rond à décor bleu, scène familière au centre et compartiments de fleurs au pourtour.

357 — Trois grands plats à décor analogue. Au centre, médaillon d'arbustes et de fleurs.

358 — Très grand plat à décor bleu, fleurs au centre et dans les compartiments du pourtour.

359 — Plat rond à décor bleu. Divinité sur une grue s'élevant au-dessus des flots de la mer.

360 — Deux cache-pots à deux anses en ancienne porcelaine de l'Inde à décor bleu à fleurs et ornements.

361 — Grand groupe en ancien blanc de Chine, la Vierge assise tenant l'enfant Jésus sur ses genoux, et deux figurines.

362 — Deux divinités assises en ancien blanc de Chine.

PORCELAINES DU JAPON

363 — Jolie potiche à couvercle en ancienne porcelaine du Japon à décor bleu, rouge et or avec rehauts de noir, médaillons de personnages, fleurs, animaux et ornements.

364 — Potiche en ancienne porcelaine du Japon à décor de fleurs et ornements en bleu rouge et or et encadrements émaillés noir.

365 — Fontaine à trois pieds cintrés et à couvercle, décor polychrome et à figures gaufrées en relief.

366 — Fontaine analogue à celle qui précède, supportée par trois figures de femmes debout.

367 — Deux brûle-parfums, formés chacun d'une chimère sur un rocher.

368 — Potiche ovoïde avec couvercle, décor bleu à paysage montagneux.

369 — Potiche à grosse panse et à couvercle, décor bleu à larges fleurs arabesques.

370 — Deux statuettes, homme et femme debout, en vieux japon.

371 — Très grand plat rond à décor bleu foncé; au

fond, larges fleurs et fruits, au marli, compartiments de fleurs.

372 — Plat rond à riche décor en bleu rouge et or. Corbeille de fleurs au centre, chevaux au galop au marli.

373 — Plat rond décor polychrome à fleurs et ornements. Le fond blanc est décoré d'une fleur.

374 — Deux plats ronds ou compotiers à bords festonnés à décor en bleu rouge et or, à fleurs et ornements. Au centre, médaillon de paysage.

375 — Plat rond à décor en bleu rouge et or; sujet familier dans un paysage.

76-377 — Deux hanaps avec cuvettes en forme de coquille à décor en bleu rouge et or.

PORCELAINES DIVERSES

378 — Groupe sur socle ovale en biscuit de Sèvres, représentant Pygmalion, Galathée et deux amours.

379 — Soupière ronde et son plat en vieux saxe à ornements gaufrés au pourtour et décor polychrome à fleurs. Sur le couvercle, un choux-fleur.

380 — Soupière oblongue et son plat en ancienne porcelaine d'Allemagne à ornements gaufrés au bord et décor polychrome à fleurs. Sur le couvercle, enfant tenant une corbeille d'où s'échappent des fleurs.

381 — Théière en ancienne porcelaine de Hœchst (Mayence) décorée de paysages. Elle est garnie d'une anse mobile en bois et argent.

382 — Assiette en ancienne porcelaine gaufrée à côtes et quadrillages, décor polychrome rehaussé de dorure à médaillons de paysages et ornements.

383 — Deux figurines de renommées, assises sur des socles ronds, en ancienne porcelaine de Berlin, décor polychrome.

384 — Plat rond en porcelaine d'Allemagne à bord gaufré et décor polychrome à fleurs et oiseaux de style chinois.

ORFÈVRERIE

385 — Très grand et beau calice en argent repoussé, ciselé et doré à médaillons de personnages, emblèmes des évangélistes et ornements. Le couvercle orné de quatre têtes de chérubins en ronde bosse

est surmonté d'une couronne. Beau travail du xviie siècle.

386 — Grand ostensoir gothique en argent doré en partie à nœud repoussé à jour, base à lobes et clochetons ornés de figurines.

387 — Ostensoir en argent repoussé et ciselé, doré en partie formé d'une figurine d'ange debout reposant sur une sphère et tenant un soleil, au centre duquel la partie réservée à l'hostie est entourée de nuages et de têtes de chérubins. Le pied oblong est orné de têtes de chérubins en ronde bosse. xviie siècle.

388 — Très grande pendule de forme monumentale en écaille très richement ornée d'appliques en argent repoussé à sujets saints, figurines et ornements et offrant sur ses côtés des colonnes détachées. Le socle ouvrant à tiroir est décoré également de bas-reliefs et d'ornements rapportés en argent repoussé. Beau travail de Vienne. xviie siècle.

389 — Plaque rectangulaire en hauteur en argent repoussé représentant saint Jérôme assis et en prière devant un crucifix. Dans un cadre plaqué d'écaille et d'argent. xviie siècle.

390 — Statuette de vierge sur base en filigrane d'argent ornée de pierreries et pied en argent repoussé à fleurs et ornements. xviie siècle.

391 — Deux plaques carrées en argent repoussé représentant : l'une, la Sainte famille ; l'autre, l'Adoration des bergers. Dans des cadres plaqués d'écaille rouge à moulures en bois noir guilloché et ornements en cuivre repoussé, doré et découpé à jour. XVIIe siècle.

392 — Croix processionnelle plaquée d'argent repoussé et enrichie d'un christ et de médaillons en argent repoussé. Les branches de la croix se terminent par des fleurs de lys. Le nœud et la douille sont en cuivre. XIVe siècle.

393 — Deux grands flacons à parfums en argent repoussé et ciselé à panse sphérique et long goulot, décorés d'ornements et de feuilles en relief. Travail oriental.

394 — Croix archiépiscopale plaquée d'argent repoussé sur une de ses faces et d'un décor filigrané sur l'autre face qui est, de plus, enrichie de camées d'intailles et de pierreries. XIIIe siècle.

395 — Deux statuettes en argent doré : Jésus et saint Jean debout. Style XIVe siècle.

396 — Calice en argent repoussé et doré décoré de sujets tirés de la vie du Christ et de têtes de chérubins. XVIIe siècle.

397 — Tourelle à pans à trois étages en filigrane d'argent. XVIIe siècle.

398 — Bénitier en argent repoussé dont le fond représente la Vierge, l'enfant Jésus et saint Jean. XVIIe siècle.

399 — Deux appliques en argent gravé à figures de saints personnages et encadrements composés d'ornements repoussés et dorés. XVIIe siècle.

400 — Deux petits vases à deux anses en cuivre avec face en argent repoussé à godrons et ornements. XVIIe siècle.

401 — Boîte ronde en argent ornée sur chacune de ses faces d'un bas-relief en bois sculpté et découpé à jour. Travail du Liban.

OBJETS VARIÉS

402 — Joli tableau vénitien du XVIe siècle, de forme octogone allongée et en hauteur en cuivre doré incrusté de corail et enrichi de parties émaillées. Il représente au fond le Christ en croix entre saint Jean, Madeleine et des anges.

403 — Tableau de même travail que celui qui précède de forme octogone régulier. Il représente au centre la Vierge dans sa gloire.

404 — Joli bénitier de mêmes travail et époque, de forme monumentale à cariatides en corail sculpté

et offrant au centre le sujet du Baptême de saint Jean, et au-dessous la Crèche.

405 — Grand reliquaire gothique en cuivre doré, modèle à clochetons ciselés et découpés et pied à nœud repercé à jour. La base à lobes et à pointes est décorée de bustes et d'ornements gravés.

406 — Deux miroirs ronds à biseaux dans des cadres en argent repoussé, doré en partie, composés de cariatides de femmes ailées, de mascarons et d'ornements. Époque Louis XIII.

407 — Deux appliques en cuivre jaune battu, l'une d'elles découpée à jour, décorée d'un buste de femme et de cariatides; l'autre, d'une tête couronnée et d'ornements.

408 — Jolie statuette en bronze, Mercure, d'après Jean de Bologne sur socle cylindrique en forme de colonnette en granit gris avec tore en bronze doré. XVIIIe siècle.

409 — Très petit cabinet fermant à deux portes, plaqué d'écaille rouge et enrichi de figures et de rinceaux incrustés en argent gravé. Époque Louis XIII.

410-413 — Quatre grandes chopes à anses en étain sur pieds formés de lions assis et de boules et à couvercles surmontés de lions héraldiques tenant des écussons. Travail allemand du xviie siècle.

414 — Vase sur piédouche reposant sur trois lions assis en étain et à couvercle à balustre, surmonté d'une figurine de guerrier debout. Mêmes travail et époque.

415 — Petit vidrecome en étain à médaillons figures allégoriques et ornements en relief. Modèle de François Briot. Travail du temps.

416 — Crosse en cuivre portant des traces d'émail et présentant à sa partie supérieure le sujet de l'Annonciation en ronde bosse.

417 — Grand ostensoir gothique en cuivre gravé, ciselé et doré, à clochetons ornés de figurines en ronde bosse et nœud incrusté de plaques d'argent gravé. xve siècle.

418 — Ostensoir analogue à celui qui précède, mais un peu plus petit. Il est surmonté d'une figurine de Vierge sous un clocheton ajouré.

419 — Deux vases en forme de balustre à deux anses à rinceaux, en cuivre ciselé et argenté, décorés de médaillons de fleurs et d'ornements. Époque Louis XIII.

420 — Buire de forme antique en cuivre rouge

repoussé et argenté à mascarons et ornements en relief. Travail italien du XVIIe siècle.

421 — Buire analogue à celle qui précède en cuivre argenté.

422-423 — Deux plats ronds en cuivre jaune, couverts de rinceaux, de fleurs arabesques et de médaillons gravés. Travail vénitien du XVIe siècle.

424 — Médaillon rond en cuivre repoussé et doré représentant l'enfant Jésus debout entre la Vierge et Saint-Joseph. XVIIe siècle. Cadre en bois noir.

425 — Garde-cendre cintré en cuivre jaune repoussé à figures, fleurs et fruits. Travail flamand du XVIIe siècle.

426 — Bouclier ou rondache en fer repoussé et ciselé à figures et ornements dans le style du XVIe siècle.

427 — Grand plat ovale en cuivre repoussé et doré, décoré de figures, de bustes et de fruits. Cadre en bois noir.

428-433 — Douze plats ronds en cuivre repoussé variés de dimensions et de décors. Ils seront vendus séparément ou par deux.

434 — Très grand bassin rond en cuivre jaune battu à godrons et ornements.

435 — Petit calendrier gravé sur glace avec cadran mobile.

436 — Sabre chinois avec poignée et fourreau garnis en argent gravé et enrichi de pierreries.

437 — Plaque ronde en cuivre repoussé et doré. Saint Georges terrassant le dragon.

438 — Réduction en bronze de la Vénus de Milo.

439 — Deux figures d'anges ailées, debout, en cuivre jaune dans le style du XVe siècle.

440 — Bouteille en verre de Venise à bandes filigranées d'émail blanc.

441 — Trépied en fer forgé disposé pour recevoir un bassin de cuivre.

442 — Chaufferette en cuivre jaune repoussé de forme ronde. Travail hollandais du XVIIe siècle.

443 — Fontaine en forme de vase en cuivre rouge battu. Le goulot est formé d'un dauphin en cuivre jaune.

444 — Brasero à couvercle de forme sphérique en cuivre rouge battu à coquilles et ornements et à couvercle découpé à jour. XVIIe siècle.

445 — Jardinière ovale en cuivre rouge repoussé à godrons et ornements. Même époque.

446 — Deux plaques octogones en hauteur en cuivre repoussé et doré représentant, l'une l'Annonciation, et l'autre l'Adoration des rois mages. Cadres en bois noir. XVIIe siècle.

447 — Noix de coco montée en cuivre ciselé et doré. Le pied est formé d'un tronc d'arbre et les montants sont ornés de cariatides. XVIe siècle.

448 — Calice du XIIIe siècle à coupe en argent et pied à nœud en cuivre gravé enrichi d'émaux de Limoges à figures, bustes et ornements réservés sur fond bleu et rouge.

449 — Reliquaire de forme hexagonale à couvercle en toit en cuivre gravé et doré sur pied à lobes et à nœud repoussé décoré de rosaces rapportées en argent. XVe siècle.

450 — Reliquaire ou ostensoir en forme d'édicule gothique à six pans à ouvertures découpées en ogives et monté sur pied à nœud, le tout en cuivre doré et tige rehaussée de parties émaillées. XVe siècle.

451 — Plaque de reliure en cuivre champlevé et émaillé à fond bleu décorée de rinceaux et de bustes d'anges gravés et enrichie d'une figure de Vierge assise en cuivre repoussé et doré. Elle est couronnée et tient l'enfant Jésus assis sur ses genoux. Limoges. XIIIe siècle.

452 — Croix processionnelle en cuivre gravé et doré enrichie d'appliques émaillées et de figures rapportées en relief. XIIIe siècle.

453 — Croix processionnelle plaquée en cuivre gravé et offrant sur ses deux faces des figures rapportées en relief. Elle est garnie de boules dorées au pourtour. XIIIe siècle.

454 — Croix en cuivre repoussé gravé et doré offrant sur chacune de ses faces des bustes, les emblèmes des évangélistes et un crucifix en relief. XIIIe siècle.

455 — Bénitier en cuivre repoussé et doré composé d'une figure de Madeleine debout tenant le Saint Suaire. XVIe siècle.

456 — Petite plaque rectangulaire en hauteur en cuivre ciselé et doré représentant le sujet de la Mort de la Vierge. XVe siècle

457 — Petit groupe en bronze : la Vierge assise tenant l'enfant Jésus sur ses genoux. XVe siècle.

458 — Deux buires en cuivre jaune à goulot formé d'un lion assis. Travail dans le style du XIIIe siècle.

459 — Deux buires à panse sphérique godronnée et à anse en cuivre jaune.

460 — Deux bougeoirs à main en cuivre jaune.

461 — Petite horloge allemande de forme hexagone en cuivre doré et cadran en argent. XVIIe siècle.

462 — Couteau et fourchette à manches en ivoire teint en vert incrusté et clouté d'argent. XVIIe siècle.

463 — Médaillon rond en bois offrant en bas-relief le buste de profil de Marie de Médicis.

464 — Petit tableau sur bois : groupe de trois guerriers portant le costume militaire suisse du XVIe siècle.

465 — Miniature ronde sur ivoire : Jupiter et Io. Cadre en cuivre doré.

466 — Miniature ovale sur ivoire attribuée à Charlier. Jeune femme nue couchée sur un lit de repos. Cadre en poudre d'écaille noire.

ÉMAUX DE LA CHINE

467 — Deux beaux vases en forme de balustre à deux anses têtes chimériques et anneaux mouvants, en ancien émail cloisonné de la Chine, à fleurs arabesques sur fond bleu turquoise.

468 — Deux vases en forme de balustre allongé en émail cloisonné du Japon, à décor de fleurs, oiseaux et ornements.

469 — Cornet à panse renflée en ancien émail cloisonné de la Chine, décoré de fleurs sur fond bleu turquoise.

470 — Deux jardinières rondes à bord plat en émail cloisonné de la Chine, à fleurs et vases en couleurs sur fond blanc.

471 — Six compotiers ronds en ancien émail de Chine à décor polychrome, fleurs et rochers au au centre, et réserves de fleurs sur fond vert au bord.

472 — Théière en émail de Chine, décor polychrome à fleurs et ornements.

473 — Deux bols en émail peint de la Chine, décorés de paysages avec personnages polychromes et bordures d'ornements.

474 — Deux plateaux ou compotiers de même travail, décorés de fleurs et d'ornements.

475 — Buire en forme de hanap, en émail de Chine. décorée de cygnes et d'ornements en couleur et or. Elle est accompagnée de son bassin ovale à fleurs arabesques, sur fond noir.

SCULPTURES DIVERSES

476 — Terre cuite. — Deux figures d'anges agenouillés, tenant un vase. Travail italien en ronde bosse des premières années du XVIe siècle.

477 — Ivoire. — Christ en terre cuite peinte, monté sur une croix placée dans un grand cadre formant triptyque, incrusté de nacre sur écaille et enrichi de sculptures en bois et en ivoire. Chacun des volets renferme dans des médaillons ovales des figures du Christ en terre cuite peinte dans diverses attitudes. Travail du XVIIIe siècle.

478 — Marbre blanc. — Buste d'homme de profil à gauche, du temps de Louis XIV, appliqué sur fond de marbre bleu turquin. Dans un cadre en bois sculpté du temps.

479 — Marbre blanc. — Bas-relief ovale, représentant la Décapitation de saint Jean. Travail français du XVIIIe siècle. Dans un cadre en bois sculpté et doré à fleurs.

480 — Cire blanche. — Joli bas-relief, représentant une bacchanale, composée de deux figures de bacchantes et d'un satyre. Il est signé : *Cadet de Beaupré, l'an III.*

481 — Albâtre. — Bas-relief, représentant la Vierge et l'Enfant Jésus, dans un cartouche orné. XVIe siècle.

482 — Marbre tendre. Bas-relief du XVIe siècle, cintré à sa partie supérieure et représentant le Calvaire. Il est placé dans un cadre monumental en bois sculpté, enrichi au-dessus du bas-relief principal de deux figurines d'anges en marbre tendre.

483 — Marbre tendre. — Statuette de saint Sébastien martyr, attaché à un arbre. XVIIe siècle.

484 — Marbre blanc. — Quatre bas-reliefs représentant les Saisons, figurées par des têtes d'hommes et de femmes. XVIIe siècle.

485 — Albâtre rehaussée de dorure. — Bas-relief rectangulaire, représentant diverses scènes tirées de la Passion. Dans un cadre en bois et pâte rehaussé de dorure. Travail du XVIe siècle.

486 — Terre cuite. — Bas-relief rectangulaire, représentant le Christ mort, entouré d'anges et de saints personnages.

487 — Terre cuite. — Quatre statuettes debout, représentant les Saisons. XVIIIe siècle.

488 — Terre cuite. — Haut-relief, représentant un groupe de quatre enfants. Travail du XVIIIe siècle.

489 — Terre cuite. — Quatre bas-reliefs carrés, représentant les quatre parties du monde. XVIIIe siècle.

490 — Pierre. — Bas-relief carré, représentant une pieta. XVIIe siècle.

SCULPTURES EN BOIS

491 — Grand et beau retable en bois sculpté en haut-relief et rehaussé de peinture et de dorure. Il représente au centre le sujet du Calvaire, à gauche le Couronnement d'épines et le Portement de croix. A droite, la Mise au tombeau et la Résurrection. Ces diverses scènes sont placées sous de riches motifs d'architecture gothique en bois sculpté, découpé à jour et doré. Dans le soubassement, frise d'ornements découpés à jour. XVIe siècle. Haut. 2 m. 36. Larg. 2 m. 68.

492 — Châsse à couvercle en toit, en bois sculpté doré et peint, décorée de figures d'apôtres en bas-relief et surmontée d'une crête sur laquelle reposent une croix et deux anges agenouillés. Les angles sont ornés de clochetons. XVIe siècle.

493 — Joli retable en bois sculpté, en haut-relief et rehaussé de peinture et de dorure. Il représente le

sujet de l'Adoration des rois Mages, et se compose d'un grand nombre de personnages et de cavaliers. Dans le haut, arceau en ogive et retombée, formant dais, découpés à jour. xve siècle.

494 — Belle figure de saint Sébastien, en bois sculpté, rehaussé de peinture et de dorure. xvie siècle.

495 — Deux autres figures de saints personnages debout, en bois sculpté, peint et doré. xve siècle.

496 — Retable carré en bois sculpté, rehaussé de peinture et de dorure. Il représente la Vierge debout portant l'enfant Jésus, placée entre sainte Barbe et sainte Agnès. Les figures grandeur petite nature sont couronnées et placées sur un fond peint et doré en relief avec dais découpé à jour. xve siècle.

497 — Retable en bois sculpté, doré et peint, représentant trois figures de saints personnages debout : saint Sébastien et saint Antoine sous un arceau gothique à feuillages découpés. Il ferme à l'aide de deux volets, décorés de figures peintes. xve siècle.

498 — Figure vue à mi-corps et groupe de deux demi-figures en bois sculpté, peint et doré, provenant d'un grand retable. xvie siècle.

499 — Bas-relief rectangulaire, rehaussé de couleurs

et d'or. Il représente le sujet de la Mort de la Vierge. Composition de douze figures. xve siècle.

500 — Bas-relief cintré, en bois sculpté, rehaussé de peinture et de dorure. Il représente le sujet de la Résurrection. xve siècle.

501 — Groupe provenant d'un retable en bois sculpté et peint, rehaussé de dorure. Il représente la Crèche. xvie siècle.

502 — Deux curieux bas-reliefs cintrés du xvie siècle, en bois sculpté, peint et doré, représentant l'un le sujet de l'Accouchement de la Vierge et l'autre la Présentation au temple. La première de ces scènes se passe dans un curieux intérieur flamand du xvie siècle.

503 — Bas-relief sans fond de même travail. Il représente le sujet de la Décapitation d'un saint personnage (saint Jean).

504 — Deux haut-reliefs de forme contournée en bois sculpté, doré et peint à fond de glace. Ils représentent, l'un l'Adoration des rois Mages, et l'autre l'Adoration des bergers. xviie siècle.

505 — Groupe en bois sculpté, rehaussé de peinture et de dorure. Il représente le Christ mort soutenu par un ange et entouré de chérubins. xviie siècle.

506 — Deux montants ornés de petits groupes super-

posés, représentant des sujets tirés de la vie du Christ, reposant sur un groupe de colonnettes et surmontés de dais à clochetons découpés à jour. Le tout en bois sculpté, rehaussé de dorure et de peinture. XVe siècle.

507 — Deux grands panneaux sculptés en bas-relief et représentant l'un saint Pierre, l'autre saint Paul debout sous des arceaux feuillagés. Bois sculpté, rehaussé de peinture et de dorure. XVIe siècle.

508 — Deux autres panneaux en bois sculpté doré et peint, représentant chacun un saint évêque debout. XVIe siècle.

509-510 — Quatre bas-reliefs en hauteur, représentant chacun des groupes de saints personnages debout. Bois rehaussé de peinture et de dorure. XVIe siècle.

511 — Haut-relief sans fond, provenant d'un rétable, en bois sculpté peint et rehaussé de dorure. Il représente le sujet du Portement de croix. XVe siècle.

512 — Haut-relief analogue à celui qui précède. Celui-ci représente une piéta, le Christ mort est entouré de saints personnages.

513 — Petit groupe provenant également d'un rétable, en bois sculpté rehaussé de peinture et de dorure. Il représente le Mariage de la Vierge. XVIe siècle.

514 — Groupe en applique en bois sculpté rehaussé de peinture et de dorure et provenant d'un rétable. Il représente le sujet de la Descente de croix. XVe siècle.

515 — Grand cadre monumental en bois sculpté et doré, rehaussé de peinture contenant dans une niche un groupe sculpté qui représente l'ange gardien. XVIIe siècle.

516 — Bois. — Beau groupe représentant une piéta : le Christ mort est étendu sur les genoux de sa mère soutenue par un ange. Beau travail du XVIIe siècle.

517 — Bois de chêne. — Deux grandes figures debout : sainte Barbe et sainte Agnès, grandeur petite nature. XVIe siècle.

518 — Bois de chêne. — Deux autres figures de saintes femmes debout, analogues à celles qui précèdent, mais plus petites.

519 — Bois de chêne. — Statue de saint Evêque, debout, dans l'attitude de la bénédiction. XVIe siècle.

520 — Bois peint. — La Vierge debout, portant l'enfant Jésus sur son bras gauche. Sur base carrée et couronnes en argent. XVIIe siècle.

521 — Bois peint et doré. — Deux flambeaux à base triangulaire ornée de cariatides ailées et tige en-

tourée de figurines d'enfants nus debout. Italie. xvie siècle.

522 — Bois. — Deux figurines d'enfants debout, soutenant un plateau à tore de laurier. Base à pans ornée de festons de lauriers. Époque Louis XIII.

523 — La Mise au tombeau. — Petit groupe en bois de chêne sculpté, provenant d'un rétable. xve siècle.

524 — Petit autel de forme monumentale à colonnes détachées, en bois de chêne sculpté et enrichi de statuettes en ronde bosse et d'ornements. Au centre, saint personnage en adoration. xviie siècle.

525 — Deux sculptures en haut-relief sur bois de forme rectangulaire, représentant l'un le portement de croix, et l'autre le Calvaire. Travail du xviie siècle. Elles sont placées dans des cadres Louis XVI, en bois sculpté à tores de laurier et à perles.

526 — Belle sculpture en haut-relief sur bois, représentant le sujet de l'Adoration des bergers. Elle est placée dans un cadre composé de onze figures de saints personnages en ronde bosse et de rinceaux découpés à jour. xviie siècle.

527 — Haut relief rectangulaire du xvie siècle, en bois sculpté, représentant le sujet de l'Adoration des Rois Mages. Composition d'un grand nombre de figures et de cavaliers, placée dans un monument

de style gothique, à colonnes torses, en bois peint en noir et rehaussé de dorure.

528 — Bas-relief rectangulaire en hauteur, représentant la Décapitation de saint Jean. Bois de chêne. XVIIe siècle.

529 — Bas-relief de même forme, également en bois de chêne, représentant la Crèche. XVIIe siècle.

530 — Bas-relief ovale décoré haut et bas d'ornements rocaille découpés et représentant l'exécution de saintes martyres. XVIIe siècle.

531 — Joli groupe en bois sculpté, représentant un saint personnage agenouillé sur un pont et tenant un crucifix de ses deux mains. Un ange est près de lui. La base est ornée d'une sculpture représentant le Calvaire. XVIIe siècle.

532 — Bas-relief cintré par le haut. — Le Christ en croix sur un fond rayonnant. Au pied de la croix, saint Jean en prière. XVIIe siècle.

533 — Deux tableaux de forme monumentale à colonnettes torses et décorés de figures religieuses, dont la Vierge placée dans une niche au centre. Bois sculpté du XVIIe siècle.

534 — Buste de Vierge en bois sculpté, grandeur nature. XVIIe siècle.

535 — Buste de saint évêque, en bois sculpté et doré. XVIIe siècle.

536 — Bénitier surmonté d'un cadre ovale en bois finement sculpté à rinceaux, têtes de chérubins et surmonté de la figure du Père éternel. Il est appliqué sur un fond de marqueterie à rayons. XVIIe siècle.

537 — Petit cadre oblong en bois sculpté et découpé à jour, modèle à rinceaux.